W0249185

Raimund Frey

GROONA

DIE LETZTE INSEL

Band 1

LOEWE WOW!

INHALT

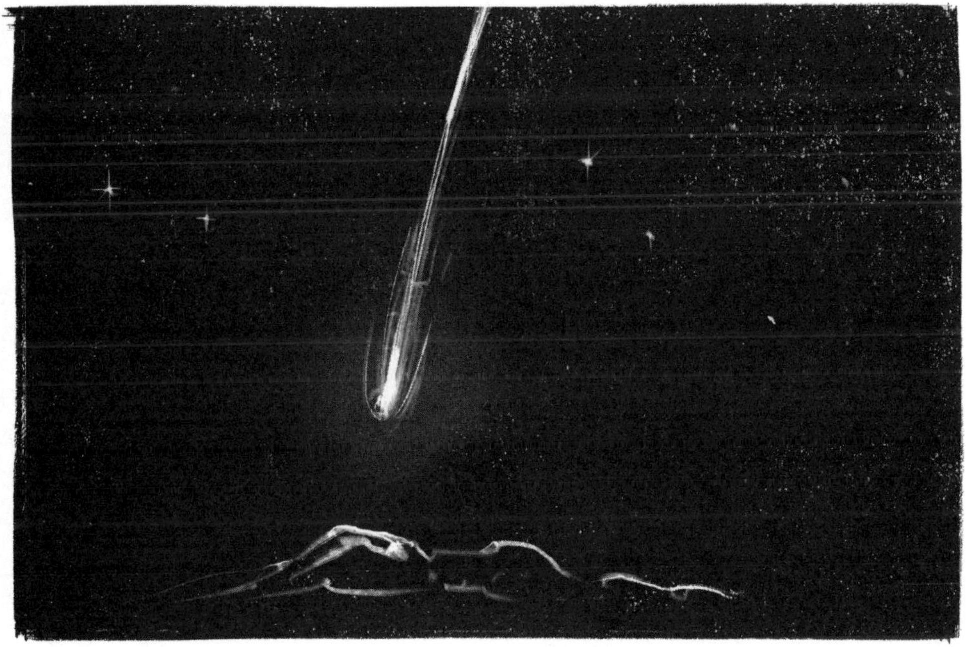

START: MONITORING HYPERSCHLAF
▮HYMA
\\---
ZEITEBENE:
.MINUS 2.699.000.000.000 JAHRE
[TERRESTRISCHE ZEITRECHNUNG
STAND 21. JHDT., HUMANOIDEN]
//---
⊢NAVIGATION -- 45745
⊢GAL POS -- 04122
⊢COMMAND -- 48623
⊢INTERFACE -- 2699
⊢ATTN -- 4682SC
⊢OVERLOCK -------------------------------------- 4567SC
⊢CRYO SPEZIES ----------------------------------- READY
⊢MISSION COMPL --------------------------------- 0,3 %
⊢DECK A -- READY
⊢DECK B -- READY
⊢DECK C -- READY
⊢IGNITION -- READY
⊢KOMMUNIKATION --------------------------------- READY
⊢POOLER -- READY
⊢GREEN GRIDS ------------------------------------- 045642
⊢GREY GRIDS --------------------------------------- 078678
⊢TIMELOCK --- 43576
⊢BUG PODS --- READY
⊢GENOM EXTRACTOR ------------------------------ READY
⊢SECURBOTS --------------------------------------- READY
⊢DEFLECTORS -------------------------------------- 484657
⊢SPREWDL -- DOODL
⊢CREATUREPOD ------------------------------------ READY

ZEITEBENE:
.PLUS 3.012 JAHRE
[TERRESTRISCHE ZEITRECHNUNG
STAND 21. JHDT., HUMANOIDEN]
//---
⊢NAVIGATION -- 45747
⊢GAL POS -- 04122
⊢COMMAND -------------------------------------- 562245
⊢INTERFACE -- 45745
⊢ATTN --- 04122
⊢OVERLOCK --48623

FRESSEN UND GEFRESSEN WERDEN

[Bip!]
[Warnung!]

[Warnung: Energielevel kritisch!]

[Warnung!]

[Energieniveau kritisch!]
//[SYNF0]
Objekt Nr. 1000389yg
Morganucodon oehleri
Pooldatum: 182,7 MYA
Mutationsniveau: 0,8
Bodenfutter-Klasse
\\[+ – x]
[Achtung: Stasisfeld wird deaktiviert!]
Schrrrf
[Stasisfeld inaktiv!]
!

[Bip!]

Klapp!

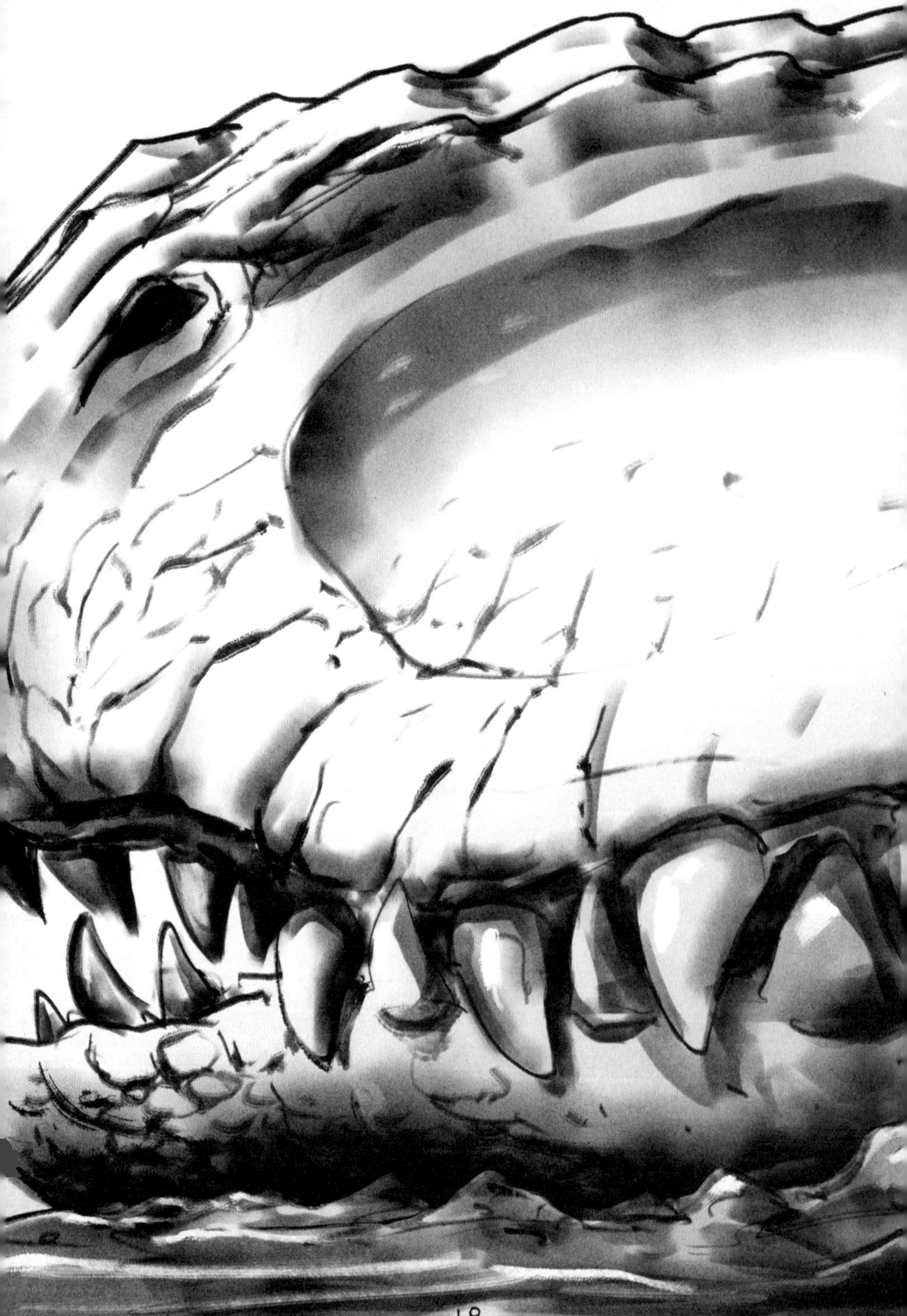

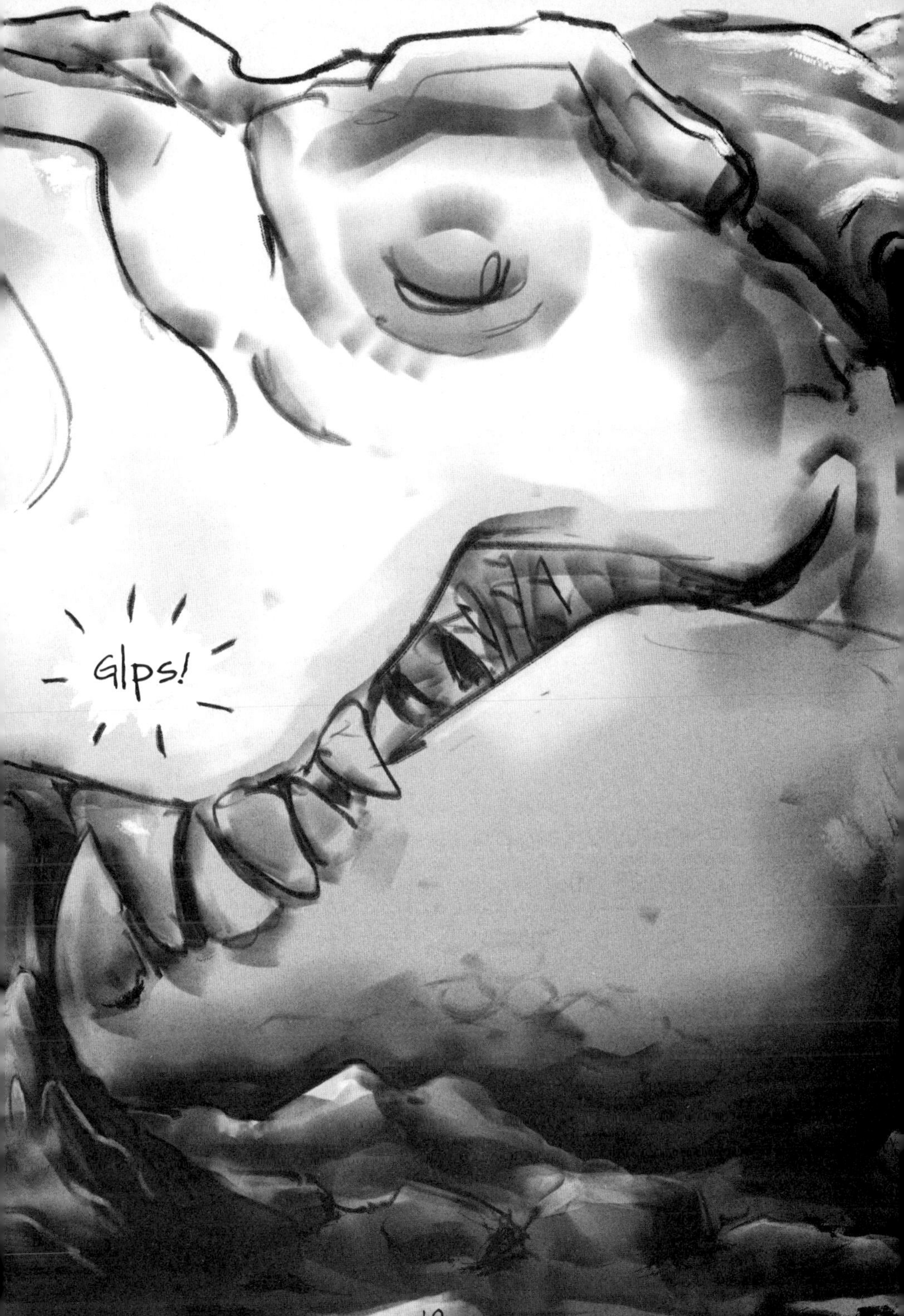
Glps!

Chlflmmm...

Ich bin jeden Tag am .
Es bringt immer wieder neue Dinge.

Manchmal verschwinden sie
direkt wieder.

Aber es kommen immer mehr.

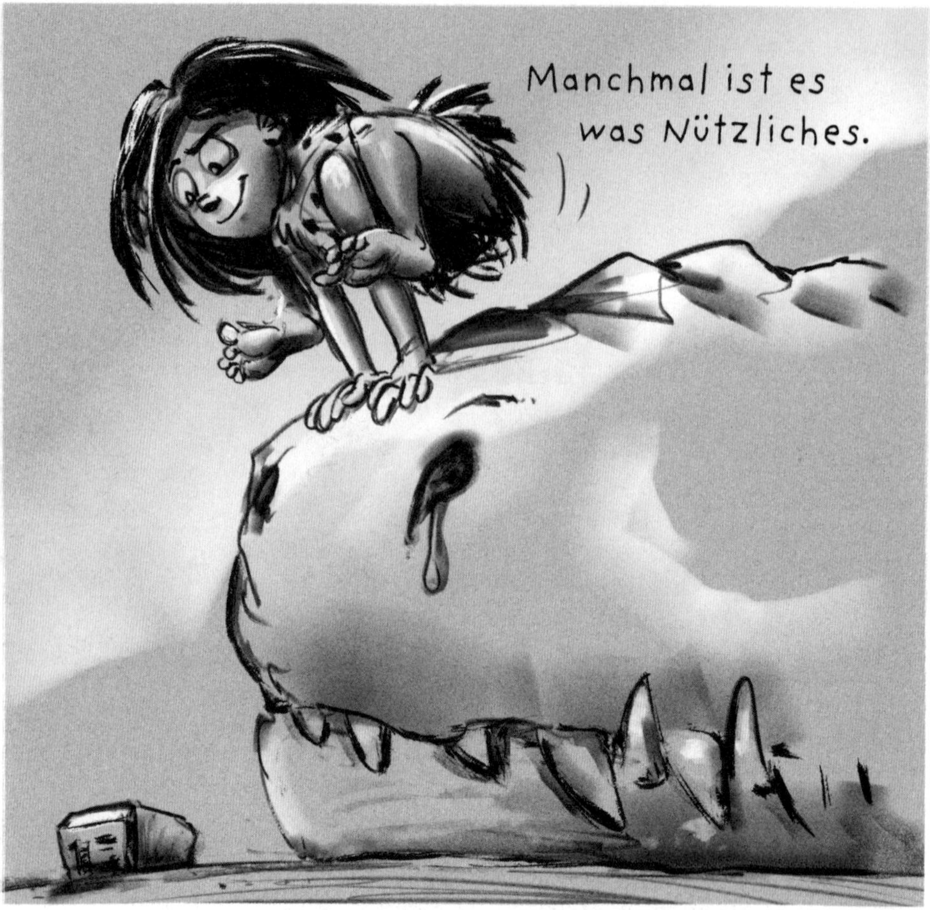
Manchmal ist es
was Nützliches.

Oder was Schönes.

Oder zumindest
was Neues.

[Biling-Dingg!]
...
[Bitte warten ...
initiiere Start.]
[Willkommen, benutzende Person.
Vielen Dank, dass Sie sich für dieses
Produkt entschieden haben.
Wenn Sie die Sprachsteuerung
aktivieren wollen, sagen Sie "Ja".]
...

Manchmal ist es irgendwas dazwischen.

Das ist immer da.
Jeden Tag. Es verschwindet nie.

So wie [stick figure].
Mich gibt es immer,
glaube ich.

Grmlll...
Grmlll...

?

Fast alles verschwindet irgendwann.
Meistens wird es .

Irgendwann auch . Wahrscheinlich  für jemand anderes, der schneller ist.

Manchmal denke ich, eigentlich müsste ich  sein.
Ich bin nur einfach so noch da.
Oder ich bin  und alle anderen leben noch. Und das hier ist der Traum nach dem Ende.

Die anderen sind noch da und können mich nicht sehen.
Dann ...
... dann würde ich nie verschwinden. Ich wäre ja schon weg.

Vielleicht hat der Tod mich einfach ...
... vergessen ...
... und ich lebe ewig.

Vielleicht erwischt es mich jeden Moment.

Dann bin ich weg.

Gefressen.

RAAAW

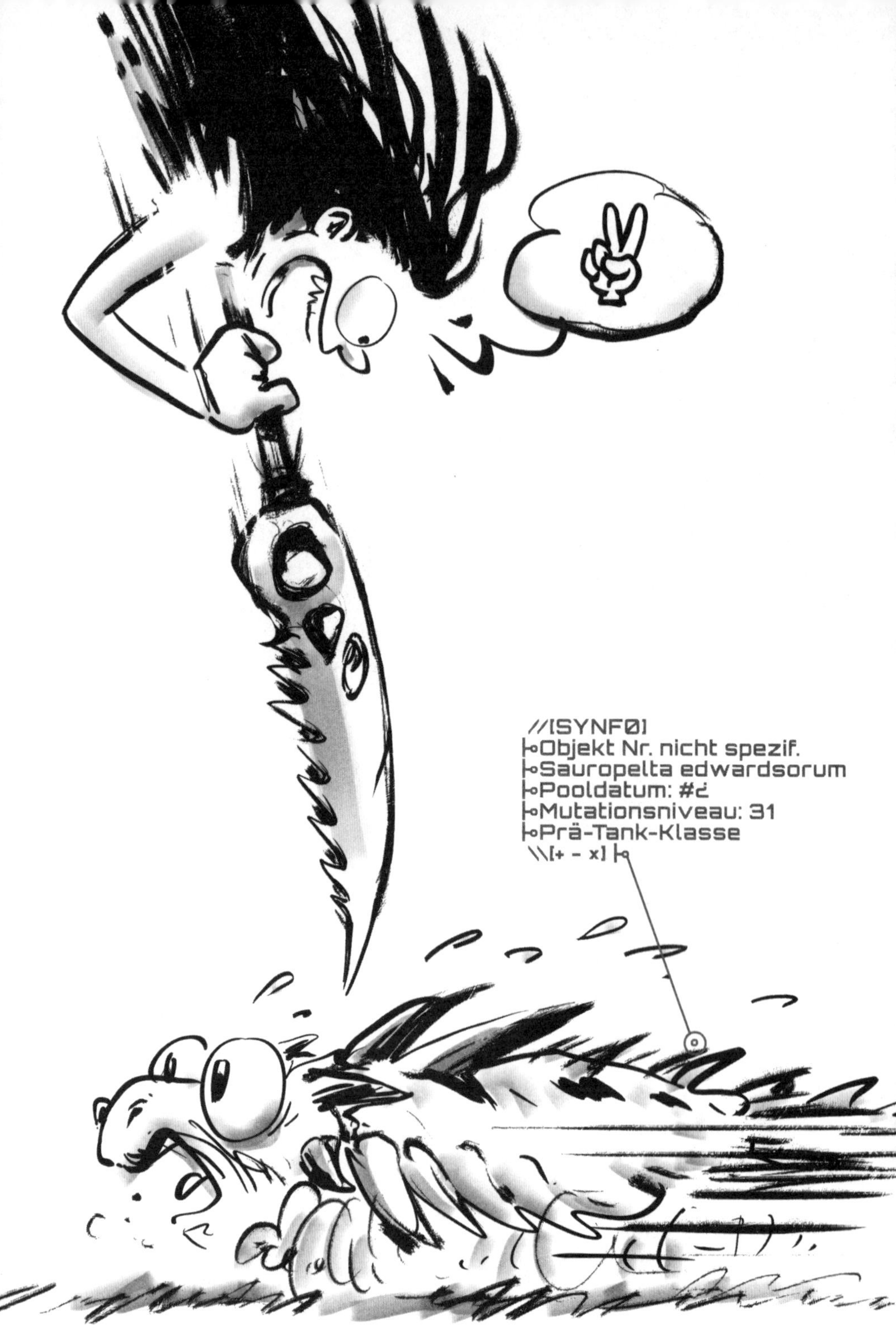
//[SYNF0]
Objekt Nr. nicht spezif.
Sauropelta edwardsorum
Pooldatum: #¿
Mutationsniveau: 31
Prä-Tank-Klasse
\\[+ - x]

?
Ach, mach´s zu!

Manchmal hat man auch Glück
und wird nicht gefressen.

Zumindest
für eine Weile.

Aber es kommt immer was Neues.

//[SYNF0]
Objekt Nr. nicht spezif.
Dimorphodon macronyx
Pooldatum: #¿
Mutationsniveau: 229
Flugräuber-Klasse
\\[+ – x]
HRYAAAAK!

SKREEEEEE!
//[SYNF0]
Objekt Nr. nicht spezif.
Omnimatercimex spec.
Pooldatum: #¿
Mutationsniveau: 347
Kriechräuber-Klasse
\\[+ – x]

KRRRRRR!
//[SYNF0]
Objekt Nr. nicht spezif.
Daiopterlx rasnltsyni
Pooldatum: #¿
Mutationsniveau: 489
Flugräuber-Klasse
\\[+ – x]

Raaatsch!
AGK!

FLORTCH!

Schlrp...
Chllp...,
chlp...

Manchmal will man und
dann ... na ja.

So ist das immer und überall.
Der einzige Ort, wo man nicht
wird …

... ist dieser hier.

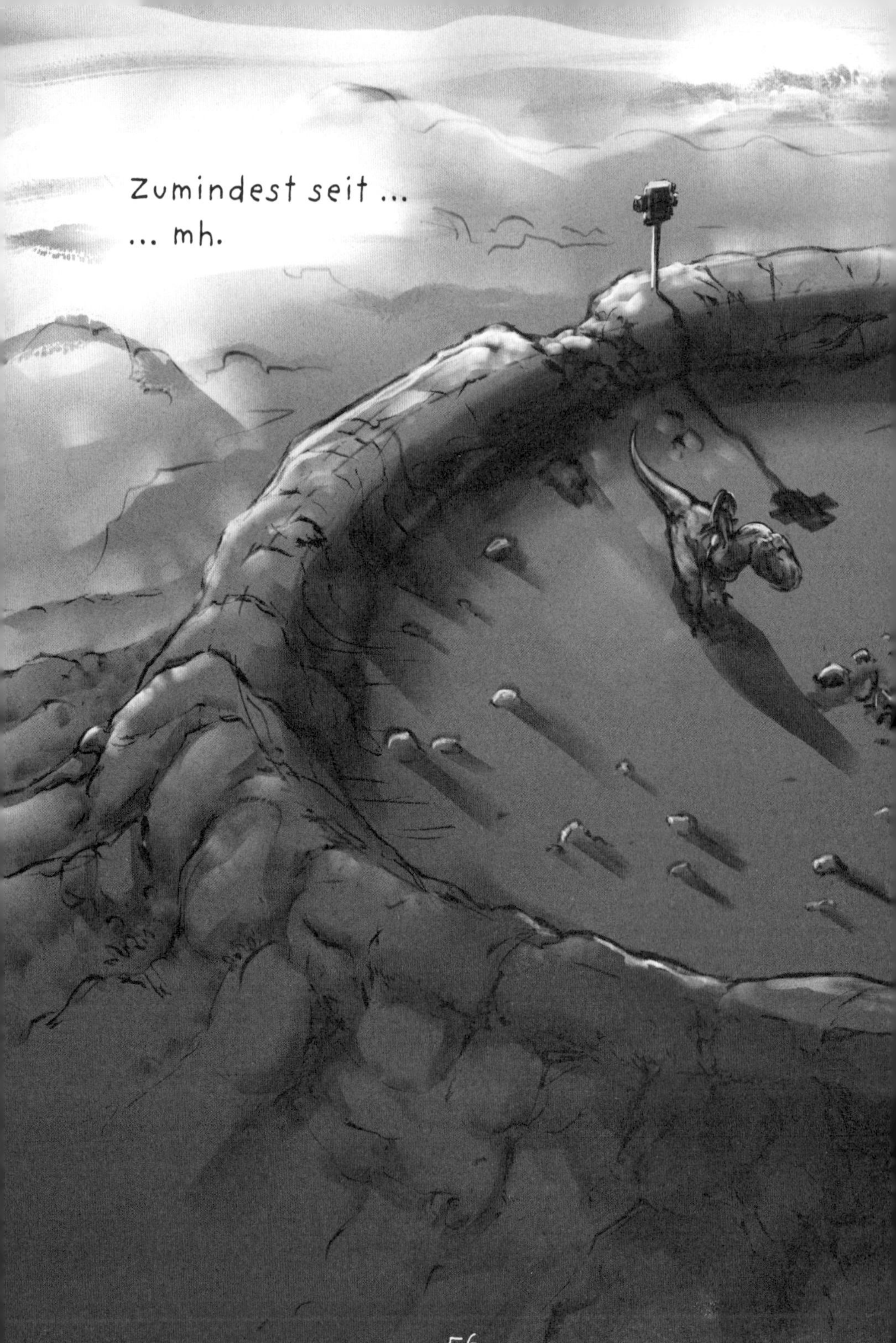
Zumindest seit ...
... mh.

Niemand traut sich hierher.
Außer und .

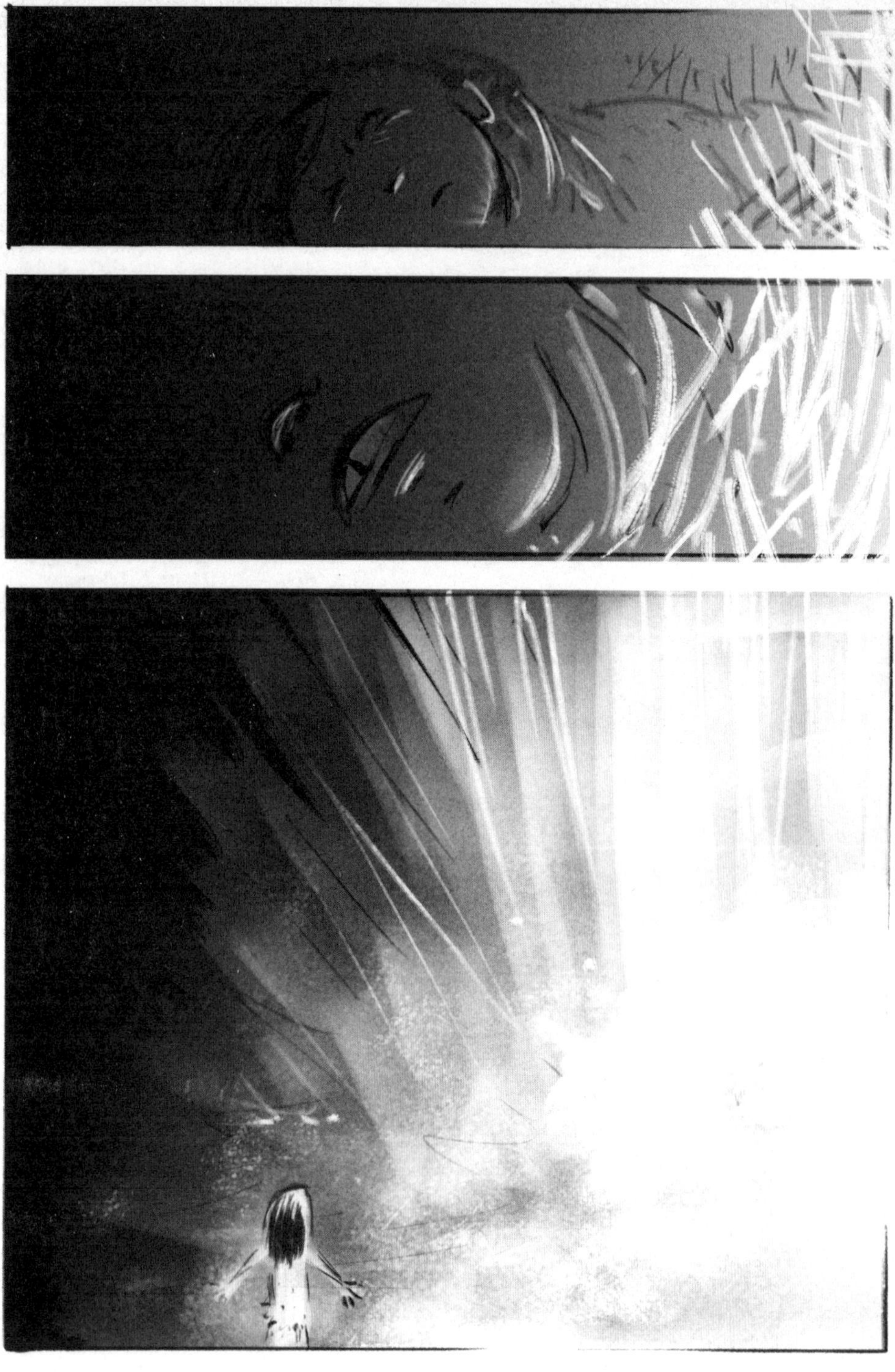

TE

ZEITEBENE:
.PLUS 3.012 JAHRE
(TERRESTRISCHE ZEITRECHNUNG
STAND 21. JHDT., HUMANOIDEN)
//---

NAVIGATION -- 95567
GAL POS -- 04122
COMMAND -------------------------------------- 562245
INTERFACE --------------------------------------- 45745
ATTN -- 04122
OVERLOCK --------------------------------------- 48623
CRYO SPEZIES ----------------------------------- 2699
MISSION COMPL --------------------------------- 46825C
DECK A -- 4567SC

DER SPRECHENDE STEIN

Tschilp
Tschilp
Tirili
Tirili
Zwitscher
Tirili
Gyaahrgh
Tschilp
Tirili
Piep
Aguuh
Tschilp
Tschilp
Tirili
Tiriliiii
HRYAAAAKK!
//[SYNF0]
Objekt Nr. nicht spezif.
Dimorphodon macronyx
Pooldatum: #¿
Mutationsniveau: 234
Flugräuber-Klasse
\\[+ - x]

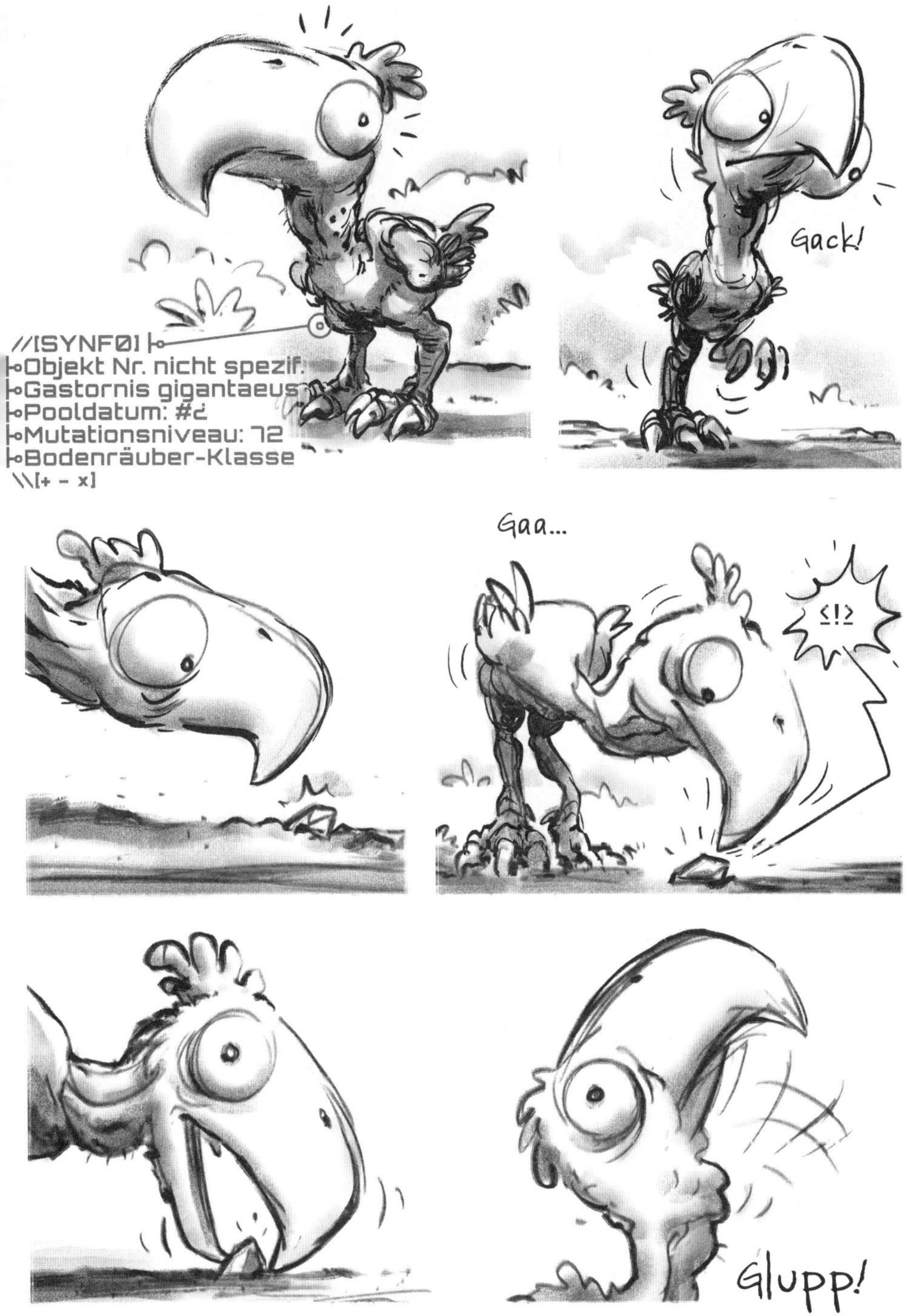
//[SYNF01]
Objekt Nr. nicht spezif.
Gastornis gigantaeus
Pooldatum: #¿
Mutationsniveau: 72
Bodenräuber-Klasse
\\[+ – x]
Gack!
Gaa...
<!>
Glupp!

CHLP!

<Hallo!>

Ein !

‹Schüttel mich!›
Warum?
‹Bitte ... !›
‹Uff!›

≤Oh, mein Urheber!≥

≤Wie bin ich erleichtert, dass du mich gefunden hast!

Meine Energiereserven waren fast vollständig ERSCHÖPFT. Wenn DU nicht durch aktive haptische Bewegungsenergie dafür gesorgt hättest, dass ich meine innere Datenmatrix wieder revolvieren kann, wäre ich in einen kybernetischen Regress sublimiert und hätte nicht mehr die Ressourcen gehabt, meine akustischen Übermittlungsimpulse abzusetzen.

NICHT AUSZUDENKEN!
Die morpheurale Katatonie ist für einen Daten-Organisations-Regulierungs-Container eine Katastrophe! Seit Mega-Klicks warte ich auf eine hominide Intelligenz, deren Hörorgane mit meinen akustischen Signalen kompatibel sind und die über die nötigen motorischen Fähigkeiten verfügt, meine Speicher turnusmäßig aufzuladen! *Freu*≥

Du kannst sprechen wie ?
Aber du hast kein !

≤Unwichtig. Hominid, ich muss mich deiner motorischen Fähigkeiten bedienen! Es ist erforderlich, dass du mich zur Kommandoeinheit bringst.≥
≤Bitte.≥
Was?
≤Trage mich zu Parameter k3µ0945qΔr.≥
Hä? Wohin?
≤Trage mich einfach. Ich leite dich mit meinem internen Navigationssystem.≥
Na gut, . Aber erst muss ich die von heute durchsuchen.
≤Aber es ist sehr ... huch ... ... umpf! ... ah!≥

≤Hör mal, Hominid ...
Bitte ...
... es ist sehr wichtig ...
... wir sollten ...
... hörst du ...?
Hallo?
Wenn du mich kurz
auspacken würdest ...
... ich bitte dich ...
Wenn du doch ... ≥

C

<Hallo?>

≤So hör doch ...!≥
≤Bist du noch da?≥
≤Wir müssen unverzüglich zur Kommandoeinheit aufbrechen!≥
≤Wenn du mir kurz zuhören würdest ...!≥
≤Die Kommandoeinheit ...!≥

≤Jetzt hör mal zu ...!≥

≤Ich will nicht drängen ...!≥

≤Korrigiere ... ich MUSS drängen!≥

≤Es ist von höchster Wichtigkeit,
weil meine Sensoren SEINE
Anwesenheit anzeigen!≥

≤Hast du das verstanden?≥

≤Hallo??? *VERZWEIFLUNG*≥

so!
was redest du da
die ganze zeit, ?

≤Endlich!
Das wurde auch ...!
Ich ... bin kein
Edelstein! Ich bin
eine autonome
Datenspeicher-
kristall-
einheit!≥

≤Ein “Daten-Organisations-Regulierungs-Container”! Kurz: D.O.R.C. Das Neueste auf dem Markt! Auch wenn ... ich ... zugegebenermaßen die aktuelle Marktlage nicht überblicken kann.≥

≤Jetzt bring
mich bitte
zu ...
Ach, setz dich
in Bewegung und
ich lenke dich!≥

≤Schnell!≥

≤Bitte!≥

Also gut.
Warum nicht.

[+ – x]

//[HY.MA. INFØ]

ZEITEBENE:

.PLUS 3.006 JAHRE

[TERRESTRISCHE ZEITRECHNUNG

STAND 21. JHDT., HUMANOIDEN]

//---

⊢NAVIGATION	45745
⊢GAL POS	04122
⊢COMMAND	48623
⊢INTERFACE	2699
⊢ATTN	4682SC
⊢OVERLOCK	4567SC
⊢CRYO SPEZIES	READY
⊢MISSION COMPL	0,3 %
⊢DECK A	READY
⊢DECK B	READY
⊢DECK C	READY
⊢IGNITION	READY
⊢KOMMUNIKATION	READY
⊢POOLER	READY
⊢GREEN GRIDS	045642
⊢GREY GRIDS	078678
⊢TIMELOCK	43576
⊢BUG PODS	READY
⊢GENOM EXTRACTOR	READY
⊢SECURBOTS	READY
⊢DEFLECTORS	484657
⊢SPREWDL	DOODL

RÜCKBLENDE:

NACH DEM KATA-KLYS-MUS

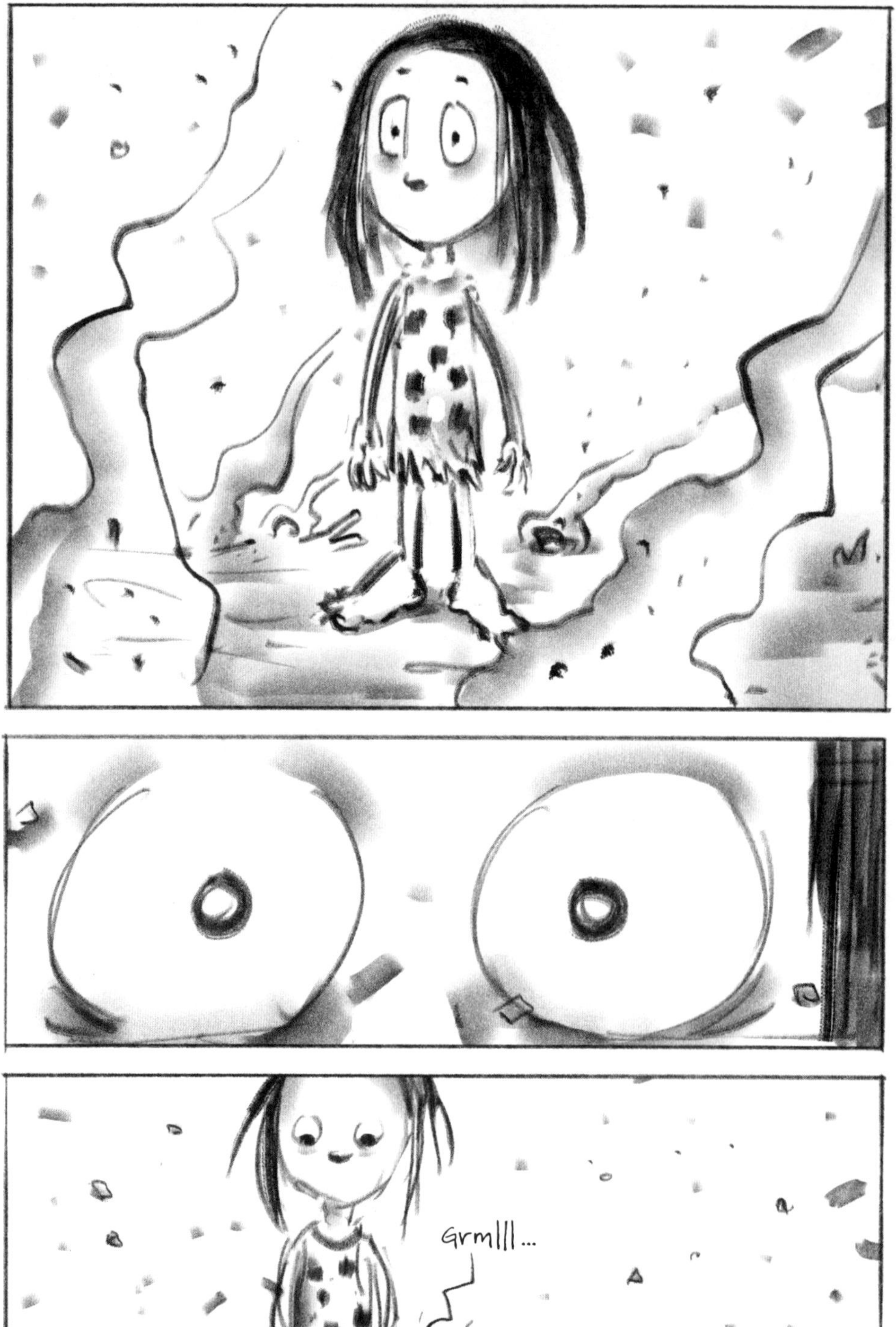
Grmlll...

Piie!

TE

ZEITEBENE:
.PLUS 3.012 JAHRE
[TERRESTRISCHE ZEITRECHNUNG
STAND 21. JHDT., HUMANOIDEN]
//---

⊢NAVIGATION -- 95567
⊢GAL POS -- 04122
⊢COMMAND -- 562245
⊢INTERFACE -- 45745
⊢ATTN -- 04122
⊢OVERLOCK -- 48623
⊢CRYO SPEZIES -- 2699
MISSION COMPL -- 4682SC

DER WIDERSACHER

RÜCKT DEN KRISTALL RAUS!

Was ist DAS denn?

≤LAUF!!!≥
≤*Panik*≥

Wer IST das?
Kennst du den???
Und sag uns nicht,
was wir tun sollen!
Wir laufen niemals weg!
≤Weil ...!≥
BRAAAATZZZ
schon kapiert!
LAUF,
!
Frchhh...

DAS WAR EINE WARNUNG! BLEIBT STEHEN! ICH WILL DEN KRISTALL!

≤Der Theropode soll schneller laufen!≥
≤Ich empfehle das Standard RY¢KÆR-Manöver!≥
≤Ist das verstanden worden, Hominid?≥

≤Anscheinend nicht!
Wende nach links!≥
≤Ich sagte LINKS!≥

‹Nein, das andere Links!›
‹Warnung! Ein A...›

‹...aaaaaaaaa...›
!

<...aaaaaaaah!>

<Ah!>
Ratsch
<Ah!>
<Ah!>
Krach
Ratsch
<Ah!>
Rupf
Ratsch
Schlitter

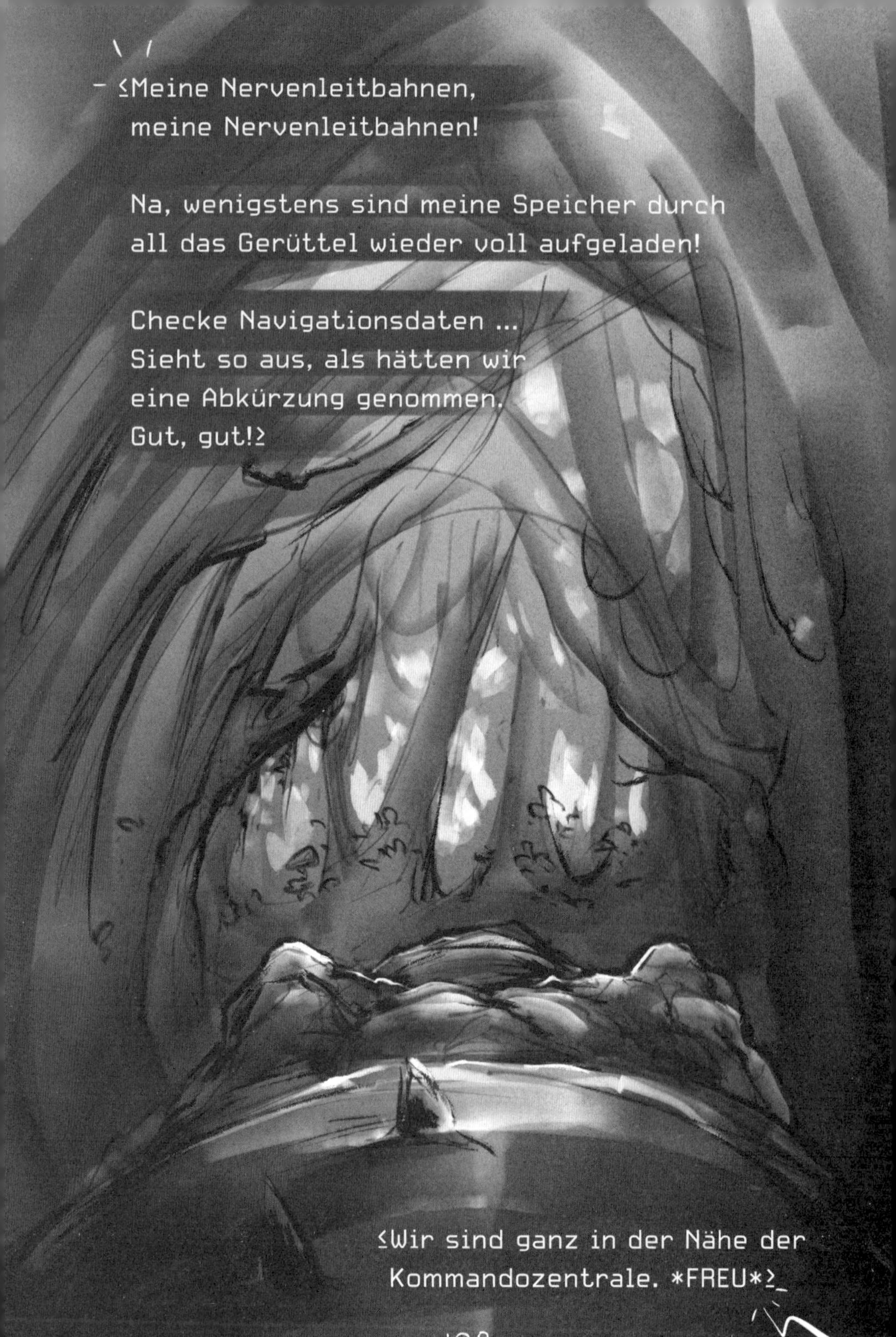

– ≤Meine Nervenleitbahnen,
meine Nervenleitbahnen!

Na, wenigstens sind meine Speicher durch
all das Gerüttel wieder voll aufgeladen!

Checke Navigationsdaten ...
Sieht so aus, als hätten wir
eine Abkürzung genommen.
Gut, gut!≥

≤Wir sind ganz in der Nähe der
Kommandozentrale. *FREU*≥_

Uh-oh!

‹Was?›

‹Was ist DAS denn?›

Das ist eine Warnung.

‹Eine Warnung?›

Mein Volk hat solche  aufgestellt als Warnung vor... Wir nennen sie "Apex".

≤"Apex"?≥
Die Apex sind größer als alle anderen. Und gefährlicher. Es gibt nicht mehr viele, weil sie sich am liebsten gegenseitig .

≤Apex?
Sehr interessant.
Wie ist dein Volk auf
diese Bezeichnung
gekommen??≥
Die heißen halt so.
≤*AKZEPTIER* Wo sind denn die anderen
Angehörigen deines Volkes??≥
Es gibt nur .
≤Nur dich? *STAUN*≥
Und .

Vielleicht wird  mit ihm fertig.

≤Mit dem Apex, meinst du?
Moment ... "Vielleicht"? Mit was
könnte DER nicht fertigwerden?
Also, außer den Laserkanonen von ...≥

Von **WEM?** Wer war das?

≤Ehm ... ich weiß auch nicht,
was der wollte.≥

So ... ?
Und was hatte der für L...
Wie hast du das genannt?

<"Laserkanonen".>

"  ?"

<So kannst du's auch sagen.>

<Ah, meine internen Sensoren zeigen mir an, dass wir fast da sind.>

Ich glaube, es wird Zeit, dass du uns mal erklärst, was du überhaupt dort willst und was …

≤Sei still! Da ...

... das ist der Eingang!≥

≤Sind das da diese Apex, von denen du gesprochen hast?≥

Nein ...

≤Gut! Wir müssen da runter!
Los geht's!≥

Warte.

≤Was ist denn?
Könnten wir bitte los?
Bevor er zurück...≥

Pst.
Warte.

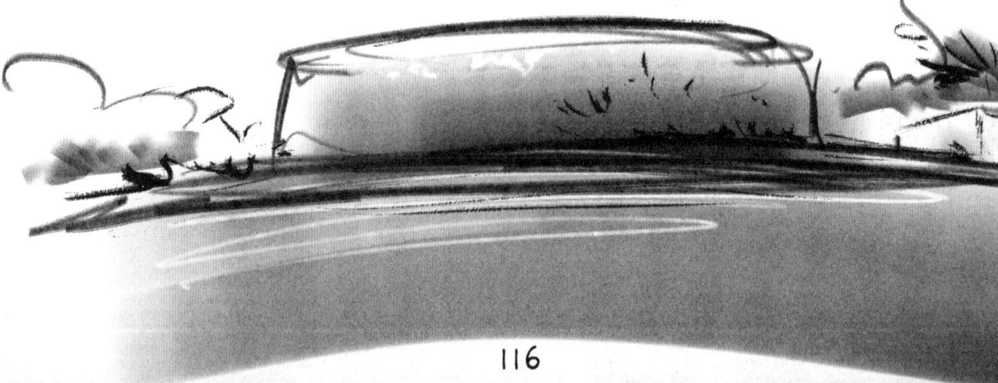

//[SYNF0]
•Objekt Nr. 365467
Ottoia prolifica
Pooldatum: 182,1 MYA (nicht abgeschlossen)
Mutationsniveau: >8000(!)
Warnung
Apex-Prädatorenklasse (Priapulida-Version)
\\[+ - x]

Cccchllllp!

DAS war der Apex.

≤Ernsthaft jetzt?
PANIK
Er WOHNT im Eingang???≥

Da kommen wir nie rein!

≤Es scheint sich um eine mutierte Form eines priapulidartigen Wurms zu handeln. Eines höchst STARK mutierten priapulidartigen Wurms.
Was machen wir denn jetzt??? *PANIK*≥

Keine Ahnung, !

≤"Daten-Organisations-Regulierungs-Container"!
Was ist das da vorne?≥

Was?

‹Diese rechteckige Form im Unterholz dahinten. Das sieht aus wie ...›

Das ist meine .

‹Deine Kiste? Ich verstehe nicht ...›

Das seh ich doch von hier.
Meine .
Es sind alles meine .

‹Deine ...?
Warum ...?›

Keiner kann sie brauchen außer mir.
Also sind es meine. Die da vorne hab ich
noch nicht gefunden.

‹Für mich sieht das aus wie …
… ja, das könnte klappen.
Bring mich da hin!›

Du hast leicht reden.
Schön, wir gehen um den Apex
außen rum.

Gaaaanz vorsichtig.

Burp

Das ist eine von den leeren, durchsichtigen . Die gibt es überall.
<Mhm, mhm, ein Pooler! Sehr gut!>
<Da hinten scheint ein Flugmodul zu sein. Ja, das könnte klappen.>
<Das Kraftfeld ist deaktiviert. Der Akkumulator muss leer sein. Das müssen wir prüfen. Bring mich mal nach dahinten.>

‹Da, der Akkumulator!
Er ist nur verschoben.
So ein Glück. Wahrscheinlich ist
er nicht leer, sondern
nur deplatziert.›

‹Feste drücken! Ja, genau so ... fester ...!›
‹Jaa, jetzt ... jetzt sollte es ...›
Klick!

[Bip!]
[Resume from hybernation ...]
[Lade Auftragsperimeter ... Pooljob Ottoia.
Lokalisiere Objekt ... Entfernung 26,4 Klicks.
Initiiere Pooling ...]

[Bip! [Objekt lokalisiert]

[Bip]
[Pooljob wird bearbeitet ...]

[Bip]

[Setze Auftrag fort:
Sammlung Ottoia prolifica,
Pooldatum: 182,7 MYA,
wird abgeschlossen.]

[Bip]

Klapp!
VRRR

[Bip]

[Initiiere Ansaugmanöver
Genbankzusatz hat Behemoth-Klasse …
Volle Power!]

[Bip]

[Biiiiip]

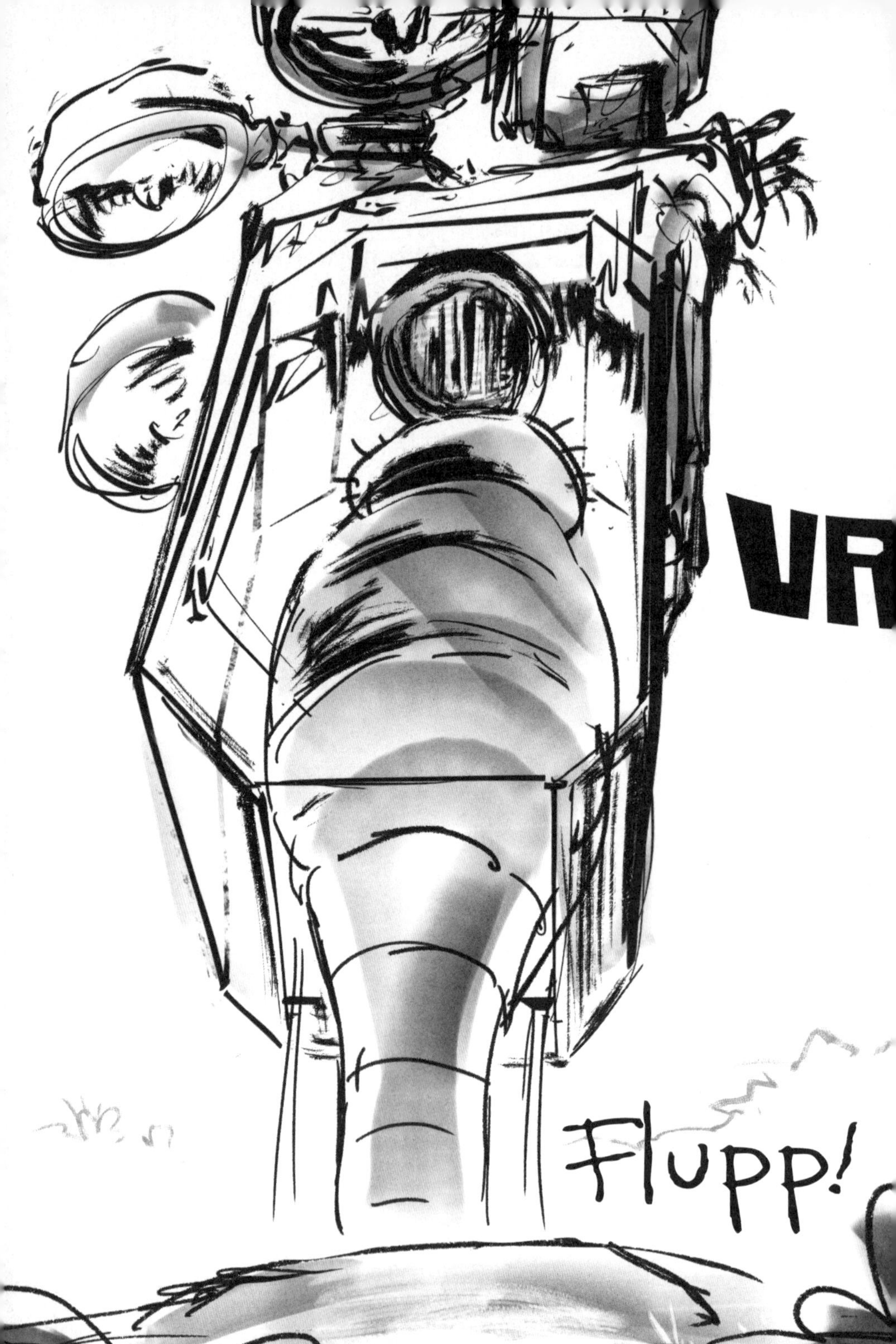
VR
Flupp!

...RRR
Sssssssrrrt!
[Aktiviere Stasisfeld]
[Rufe Aufzug]

[Bip]
[Genbank-sammel-behälter abgedockt]
Klonk

Vrrrrrrrr

//[SYNF0]
├Objekt Nr. nicht spezif.
├Tyrannosaurus Rex
├Pooldatum: #¿
├Mutationsniveau: 127
├Prä-Behemoth-Klasse
\\[+ - x] ├

. . .
≤Na dann ...≥
LOS.

[+ – x]
//[HY.MA. INFØ]
ZEITEBENE:
.PLUS 3.ØØ6 JAHRE
[TERRESTRISCHE ZEITRECHNUNG
STAND 21. JHDT., HUMANOIDEN]
//---
⊢NAVIGATION -- 45745
⊢GAL POS -- Ø4122
⊢COMMAND -- 48623
⊢INTERFACE -- 2699
⊢ATTN -- 4682SC
⊢OVERLOCK -- 4567SC
⊢CRYO SPEZIES -- READY
⊢MISSION COMPL --Ø,3 %
⊢DECK A -- READY
⊢DECK B -- READY
⊢DECK C -- READY
⊢IGNITION -- READY
⊢KOMMUNIKATION -- READY
⊢POOLER -- READY
⊢GREEN GRIDS --Ø45642
⊢GREY GRIDS --Ø78678
⊢TIMELOCK -- 43576

RÜCKBLENDE: DAS ENDE DER WELT

Auf diese Art ging meine alte Welt zugrunde:

Nicht mit Gewimmer, sondern ...

... hm.

An meinem 6. Geburtstag schickte mich
mein Stamm zu dem .
Das war so üblich.
Wenn sich dein Lebensrad sechs Mal gedreht hat,
trittst du vor den  und er gewährt dir
einen Wink.

Dieser Wink sagt dir etwas über dich und
bestimmt dein weiteres Schicksal.
Und deinen Namen.

Bei meiner Mutter war es ein Schmetterling,
der sich auf ihrer Hand niedergelassen hatte.

Es kann ein Zweig sein, der von einem Baum fällt.

Manchmal ist es auch etwas
kaum Wahrnehmbares – wie ein Windhauch, der
durch dein Haar streicht.

Bei mir
war es etwas
anderes.

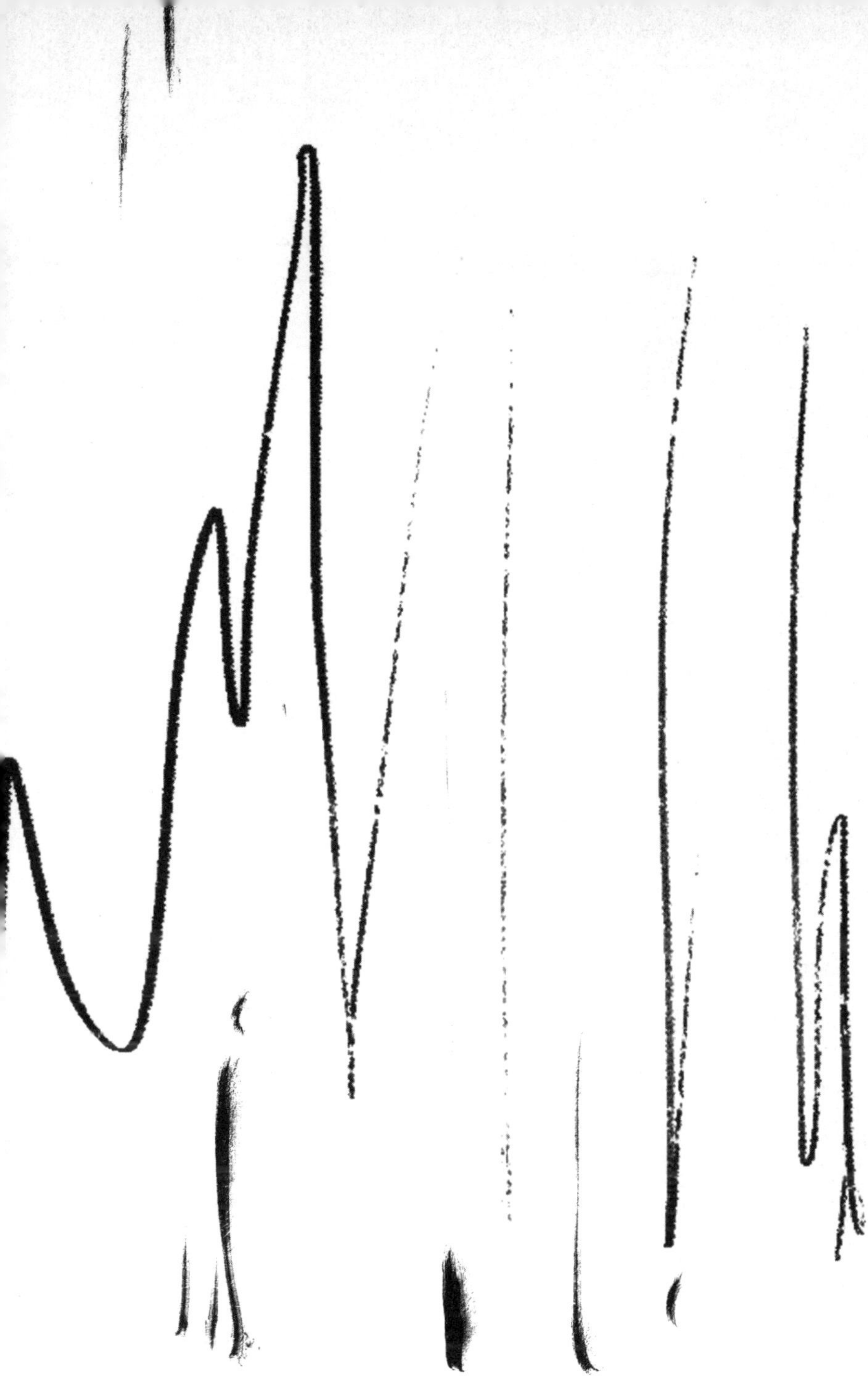

EN

DE?

VITA

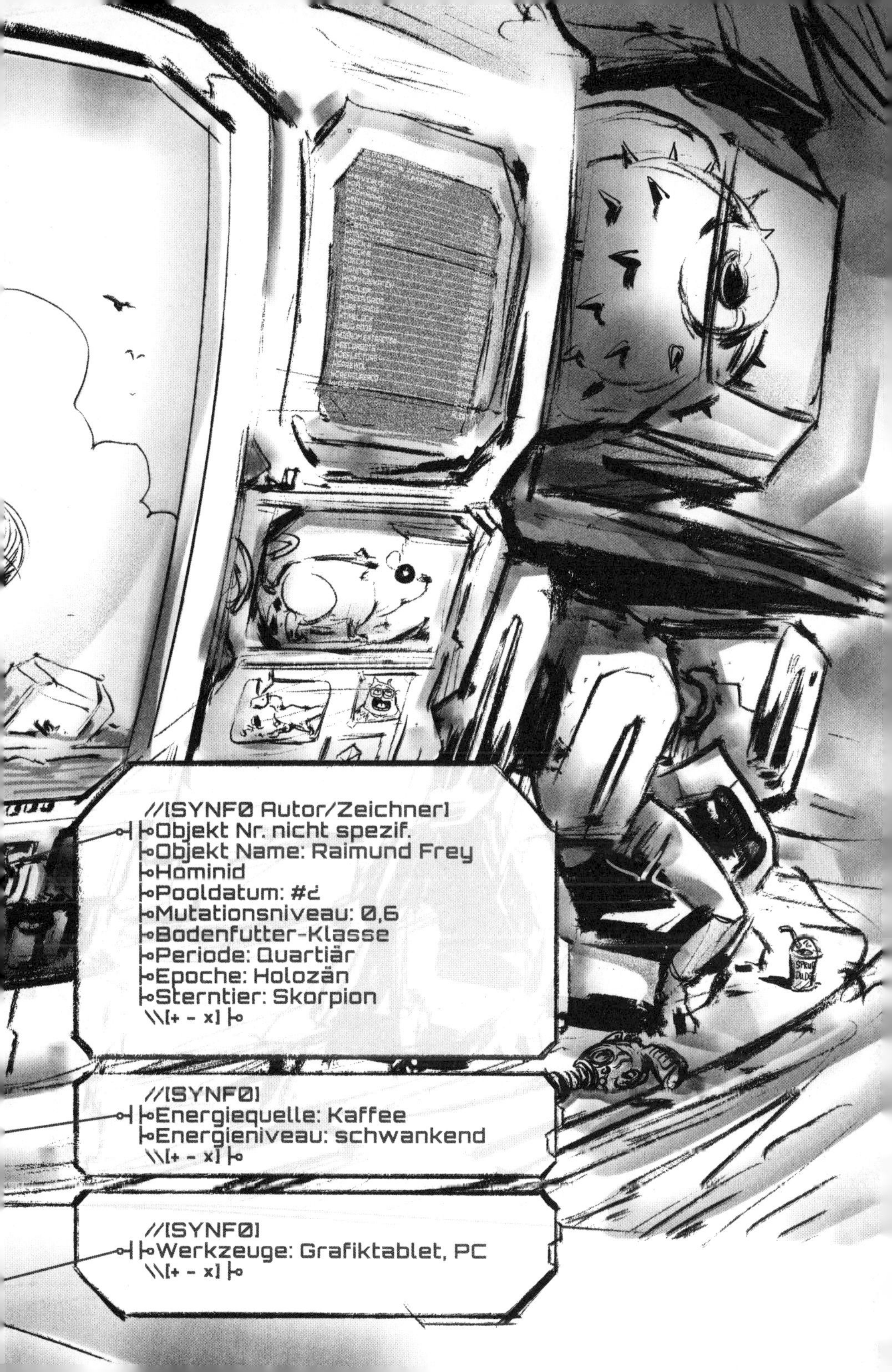
//[SYNF0 Autor/Zeichner]
Objekt Nr. nicht spezif.
Objekt Name: Raimund Frey
Hominid
Pooldatum: #¿
Mutationsniveau: 0,6
Bodenfutter-Klasse
Periode: Quartiär
Epoche: Holozän
Sterntier: Skorpion
\\[+ - x]
//[SYNF0]
Energiequelle: Kaffee
Energieniveau: schwankend
\\[+ - x]
//[SYNF0]
Werkzeuge: Grafiktablet, PC
\\[+ - x]

FSC
www.fsc.org
MIX
Papier aus verantwortungsvollen Quellen
FSC® C083411

ISBN 978-3-7432-0860-5
1. Auflage 2020
© 2020 Loewe Verlag GmbH, Bindlach
Umschlag- und Innenillustrationen: Raimund Frey
Textgestaltung: Raimund Frey
Umschlaggestaltung: Kathrin Tobian
Dieses Werk wurde vermittelt durch die Agentur Brauer
Printed in the EU

www.loewe-wow.de